Karine Gosselin

Le mystère de la perle rouge

Illustrations de Mika

Auteure : **Karine Gosselin**
Illustratrice : **Mika**
Graphisme : **Espace blanc** (www.espaceblanc.com)

Dépôt légal - Bibliothèque et Archives nationales du Québec,
3ᵉ trimestre 2006

ISBN-13 : 978-2-89595-196-4
ISBN-10 : 2-89595-196-9

Imprimé au Canada

Gouvernement du Québec - Programme de crédit d'impôt
pour l'édition de livres - Gestion SODEC

Boomerang éditeur jeunesse remercie la SODEC pour l'aide
accordée à son programme éditorial.

www.boomerangjeunesse.com
info@boomerangjeunesse.com

— ADJUGÉ !

Chester Schnauzer ne peut cacher sa joie et il affiche un sourire qui lui déforme presque le visage. Mona, assise à ses côtés, est aussi excitée que lui. Son tableau, la Mona Chihuahua, vient d'être vendu à l'encan pour une somme percutante. Cette commande de la directrice du Musée des beaux-arts de Milan lui avait donné du **fil à retordre**, mais elle en avait valu la

peine. Il est, en ce moment même, assis près des plus **GRANDS** artistes au monde, dans ce prestigieux musée en plein cœur de l'Italie.

— **VENDU** à la *première dame d'Italie* ! s'exclame l'annonceur.

C'est alors que s'avance, dans l'allée centrale, la **plantureuse** madame Angora, femme du président italien, élégante et fière dans son tailleur **bleu cendré**. Elle prend son achat et esquisse un sourire à l'attention de Chester avant de retourner à l'arrière de la salle.

À la fin de la vente aux enchères, alors que Chester est sur le point de quitter le musée, madame Angora se *précipite* vers lui et s'écrie :

— **Monsieur Schnauzer! Attendez!**
J'ai une faveur à vous demander!
Me feriez-vous l'honneur de peindre
mon portrait?

Chester demeure un instant sans
réponse. Les deux gardes du corps
de madame Angora
affichent un air sur-
pris. Pendant un
moment, Chester
se demande s'il
a bien compris.
Mais il semble

6

que oui, car l'un des gardes du corps décide de prendre la parole devant le silence persistant.

— Mais madame, je suis certain que Frisotto, le peintre attitré de la famille présidentielle, se fera justement l'honneur de réaliser ce portrait ! Ne croyez-vous pas qu'il serait plus raisonnable de lui offrir le contrat, tel que vous seriez censée le faire ? Vous

le connaissez comme moi et vous savez qu'il vaut mieux s'éviter les **foudres** du grand Frisotto!

— **Je me fous** de ce que dira le peintre de la famille. J'en ai assez de ses gribouillages. Je veux que monsieur Schnauzer soit l'auteur de ma toile! C'est qu'il a du talent, ce garçon!

Chester, étonné, pose sa patte devant sa bouche. Mona, elle, n'a pas l'air aussi ravi. Elle n'a pas envie de céder sa place de muse à cette femme, une vraie déesse de beauté. Malgré cela, le peintre nouvellement célèbre à travers l'Europe saisit la main de la première dame pour l'embrasser.

— Ce sera un réel plaisir pour moi de peindre votre portrait, madame, dit-il avec douceur, tâchant de retenir l'émotion qui **bouillonne** en lui.

— J'irai donc vous voir dans votre pays très bientôt. Mais je dois vous demander une deuxième faveur. Je veux que vous me trouviez la plus **grosse perle** du monde, d'un rouge vif, riche et nacré. Je veux qu'elle soit unique. Je la porterai à mon cou lors de la séance de pose. Je serai au Canada dans un mois. Arrangez-vous pour l'avoir à mon arrivée, car mon séjour sera bref.

Chester, dépassé par ce qui est en train de lui arriver, fait la promesse de trouver à son futur modèle ce qu'il désire. Madame Angora le remercie, lui tend sa carte de visite et quitte la pièce. Mona décide de sortir Chester de ses rêveries et lui annonce qu'elle n'a jamais vu de **perle rouge** de sa vie. Il lui faudra certainement plus d'un mois avant de mettre la main sur un objet aussi rare. Le peintre réalise tranquillement ce qu'il vient de promettre et son visage blêmit, mais il reprend vite des **couleurs** et affirme à Mona connaître celui qui pourra l'aider dans cette situation.

De retour au pays, Chester se précipite chez son ami Milfo Grand Duc, qui vit à quelques kilomètres de chez lui, dans un boisé isolé. Chaque fois qu'il voit le rustique, mais ô combien chaleureux atelier du joaillier, fait de **branches tressées** et d'**écorce**, il ne peut s'empêcher d'envier sa simplicité !

Milfo est un grand duc d'Amérique à la barbe longue et aux épais sourcils grisonnants qui se fait vieux de corps, mais qui conserve un **coeur jeune**. Même si sa race est habituellement nocturne, Milfo est un hibou qui dort la nuit et s'active le jour, comme la majorité des espèces de ce monde.

Visiblement content de voir Chester, Milfo offre une tasse de thé vert à son invité. Puis, il le regarde avec ses **grands yeux jaunes**, à travers ses demi-lunettes encore pleines de poussière d'or.

— Que puis-je faire pour toi, mon ami ? demande-t-il d'un ton calme qui lui est propre.

— Milfo, tu es le plus doué des joailliers de ce pays. J'ai une commande très spéciale et j'ai besoin de ton aide.

Peux-tu me trouver une **énorme perle rouge** et la sertir sur un collier de ta création ?

— **WOW !** dit Milfo avant de boire une gorgée de thé. C'est une grosse demande que tu me fais là. Combien de temps ai-je pour accomplir ce miracle ?

— Un mois, pas plus.

Le joaillier pousse un grand soupir et réfléchit un moment. Il se lève, ramasse un petit pot sur un comptoir et *agrippe* Chester par le bras. Les deux compagnons quittent l'atelier. Le chien ne pose pas de questions, sachant très bien que son ami a une idée derrière la tête. Ce silence signifie en quelque sorte que Milfo accepte le défi lancé, et Chester s'en réjouit.

Après une *loooooooongue marche*, les deux amis s'arrêtent au bout d'un quai. Il n'y a aucun bateau au port, seulement le **bruit** des vagues s'écrasant sur le béton. Milfo pousse alors un hululement en direction de la mer.

Au même moment, un jeune béluga **surexcité** surgit de l'eau avec, sur le nez, une grosse huître **verdâtre**. Il la dépose sur le quai et observe les alentours. Milfo tapote délicatement l'huître qui s'ouvre. Apparaît alors un **petit être un peu mou** et sans forme concrète avec de grands yeux clairs qui semblent un peu perdus.

— Tu pourrais essayer de rendre les voyages moins difficiles à supporter, Béglou! dit-il en reprenant ses esprits.

Le béluga fait la moue, mais retrouve le sourire dès qu'il voit le contenant que

Milfo tient dans son aile. Il **saute** hors de l'eau et tente de l'agripper entre ses dents. Le hibou évite la **graaande** bouche de la baleine blanche de justesse et lance en souriant :

— Béglou ! désolé de te dire que ça ne se mange pas, ce n'est que du sable.

— Salut Milfo ! dit le petit être dans sa **coquille**. Comme tu vois, il est toujours aussi gourmand, ce Béglou ! Il est en pleine **croissance** et voit de la nourriture partout !

Regarde, mon grand, il y a un poisson là-bas! dit-il au béluga pour détourner son attention.

Béglou se lance alors à la poursuite du petit poisson frétillant qui, après avoir fait un **bond** hors des flots, se met à nager à la *vitesse de l'éclair* pour éviter de se retrouver dans l'estomac du mammifère glouton.

— Alors, comment veux-tu ta perle cette fois, mon ami? **RONDE?** Baroque? **Ovale?** Blanche? **Noire?** Rose? s'informe l'étrange créature.

— Monsieur Schnauzer voudrait savoir si tu peux produire une **énorme perle** de couleur **rouge** en moins d'un mois.

— UN MOIS ! UNE PERLE ROUGE ! Je n'ai jamais fait ça avant !

— Il y a un début à tout ! Je sais que tu peux le faire. J'ai ce qu'il te faut pour entreprendre ton travail, quelque chose provenant d'une île célèbre pour ses plages de sable écarlate.

Milfo ouvre le contenant qui se trouve dans son aile et en extirpe un grain de sable d'un beau rouge très flamboyant. Il le dépose dans la coquille dont l'habitant semble encore hésitant. Celui-ci manipule le grain, puis finit par donner son approbation par un clin d'œil avant de refermer sa maison. Le joaillier ramasse l'huître et la relance à l'eau afin qu'elle retrouve les fonds marins où elle vit et travaille.

Au même moment, en Italie, Frisotto, le peintre de la famille présidentielle, **éclate de rage** en apprenant qu'un autre artiste vient de lui voler la vedette. Mais madame Angora est bien décidée à aller jusqu'au bout de ce projet. Son mari, monsieur le président, tente de lui faire entendre raison afin de s'éviter la colère de Frisotto, mais sans succès.

— Je n'ai jamais été aussi **insulté** de toute ma vie ! C'est moi, le plus grand artiste de ce monde ! Vous osez me remplacer par cet inconnu sans expérience ! s'exclame le caniche noir en se donnant des airs de prince.

Il se dirige vers la fenêtre, l'air mauvais, et regarde à l'extérieur en caressant sa

moustache. Puis, il murmure :

— Je ne laisserai pas ce jeune arrogant faire de moi la risée de toute l'Europe. Je trouverai quels sont ses plans et je les ferai échouer, parole du grand Frisotto !

Le soir venu, le peintre **frustré** s'introduit en silence dans le bureau de monsieur et madame Angora dans le but d'y trouver le nom et l'adresse de son ennemi. Sous un presse-papier à la forme et aux couleurs du drapeau **italien**, Frisotto trouve ce qu'il cherche. Il s'installe à l'ordinateur et tape un message électronique destiné à Chester :

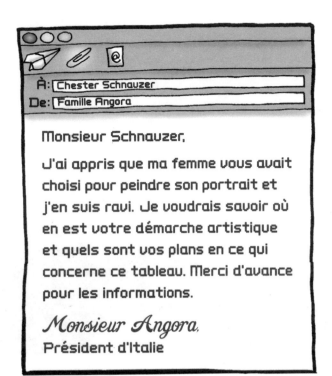

À: Chester Schnauzer
De: Famille Angora

Monsieur Schnauzer,

J'ai appris que ma femme vous avait choisi pour peindre son portrait et j'en suis ravi. Je voudrais savoir où en est votre démarche artistique et quels sont vos plans en ce qui concerne ce tableau. Merci d'avance pour les informations.

Monsieur Angora,
Président d'Italie

Le lendemain matin, Frisotto se jette sur l'ordinateur pour voir si Chester lui a répondu. Son souhait est exaucé. Il lit avec grand intérêt le message de Chester lui expliquant dans les moindres détails les démarches entreprises jusqu'à maintenant.

— Parfait ! dit le caniche dans un sourire malicieux. J'ai là-dedans tout ce qu'il faut pour me rendre sur place et saboter son travail.

Pendant ce temps, Chester et Milfo retournent chaque semaine au quai pour observer l'évolution du travail. Au bout de trois semaines, la date limite approche et Chester se sent **nerveux**. Il rejoint Milfo sur le quai

et le grand duc pousse son hululement habituel. Peu de temps après, une tache blanche s'agite à la surface de l'eau. Béglou dépose l'huître sur le quai et celle-ci s'ouvre. L'**étrange habitant** semble épuisé, mais fier. Il tient sur lui une immense perle qui le cache presque au complet. C'est une **grosse sphère rouge**, lisse et luisante, qui ressemble en tous points à une appétissante cerise au marasquin.

Les petits yeux pétillants de Béglou confirment qu'il est également de cet avis.

— Alors, ça avance bien à ce que je vois ! lance Chester en observant l'œuvre de l'huître.

— Je crois bien que ce sera une réussite, répond le petit être. Elle sera prête très bientôt.

lululululululululuuuuuuuuuuuuuuuuuuuuuuuu

C'est le lendemain matin que la situation s'envenime. On frappe à la porte de l'atelier de Chester. Celui-ci, encore un peu **endormi**, s'approche et ouvre. Milfo se tient devant lui, l'huître dans le creux de l'aile. Pour la première fois, le grand duc semble **anxieux**. Le petit être ouvre sa coquille. Chester **sursaute** lorsqu'il s'aperçoit que **la perle n'y est plus**. La créature molle semble brouillée et perturbée. Elle est visiblement sous le **choc**.

— Je veux des explications, dit Chester en prenant une grande respiration.

— Je... je ne sais trop ce qui s'est passé au cours de la nuit dernière, mais j'ai été **attaqué**, s'exclame le résident de l'huître. Je dormais paisiblement quand j'ai senti une forte puissance ouvrir ma maison et dérober la perle. Un nuage de sable m'a empêché de voir le visage de mon assaillant au moment des attaques.

Chester tente de reprendre ses sens et se met à réfléchir **plus fort** que jamais.

— Tu as bien dit « **au moment DES attaques** » ?

— Oui ! on a ouvert ma coquille de force à **deux** reprises. Je ne sais pas pourquoi il est revenu d'ailleurs, car il avait déjà pris la perle la première fois ! Quoi qu'il en soit, le nuage de

sable s'est dissipé et j'ai eu le temps d'entrevoir quelque chose de **noir** qui avait la forme d'une spirale.

— Une spirale noire... Ça ne me dit rien. Mais toi, comment vas-tu?

— Ça va, si ce n'est que j'ai très mal dormi et que j'ai le dos en compote. J'ai l'impression d'être couché sur un lit de cailloux. Je dois aller me reposer.

L'huître se referme. Milfo envoie un regard désolé à Chester et repart. Le chien reprend ses esprits et réalise alors qu'il est dans de beaux draps. **Impossible** de recommencer, car il ne reste plus assez de temps avant l'arrivée de madame Angora. Il pose les yeux sur la carte de visite que lui a remise la première dame lors de leur rencontre. Il doit la prévenir de la **catastrophe**. Elle y est photographiée en compagnie de sa famille et de ses employés. Chester imagine ce qu'aurait signifié un tel contrat pour sa carrière.

Il verse une larme

qui atterrit sur la carte, déformant ainsi le visage d'un caniche

Angora

royal noir. C'est forcément le peintre de la famille présidentielle, car il porte un sarrau taché de **peinture**. Chester laisse s'échapper un commentaire cocasse :

— Il ressemble à Dali avec sa grande moustache noire un peu bizarre... en forme de... **spirale** !

Il se souvient alors de ce garde du corps qui avait tenté de convaincre madame Angora de ne pas faire affaire avec un nouvel artiste. Son ton semblait en dire long sur le **caractère foudroyant** du peintre de la famille, mais Chester réalise combien il aurait été lui-même bouleversé si on lui avait fait le même coup.

Chester se dépêche de joindre madame Angora pour lui faire part de la situation et de son inquiétude. Celle-ci ne semble pas surprise qu'il ait de tels doutes.

— Monsieur Schnauzer, mon mari et moi sommes en face de notre ordinateur. La boîte des messages électroniques envoyés affiche un message de mon mari pour vous. Pourtant, celui-ci m'affirme n'avoir **jamais** communiqué avec vous. Il y a également, dans la boîte de réception, un message de votre part dévoilant des informations assez précises pour que l'on puisse vous localiser et vous nuire. À mon grand regret, je dois avouer que cet acte ressemble à une

manigance de notre peintre Frisotto. Si cet événement est survenu la nuit dernière, alors il n'est pas loin de chez vous. Je prends l'avion *sur-le-champ*. Nous lui mettrons la main au collet et la perle nous sera rendue.

Quelques heures plus tard, Chester se rend sur le quai en compagnie de madame Angora, et Milfo les y rejoint. Ils scrutent attentivement l'horizon en espérant y retrouver Frisotto. Finalement, ils aperçoivent au loin un objet qui bouge dans l'eau. L'objet se rapproche tout doucement du quai. Il est maintenant évident qu'il s'agit d'un tuba. Le tube émerge de l'eau suivi d'un grand caniche noir en habit de plongée très surpris de trouver sa patronne debout devant lui.

— Je veux que tu me rendes la perle **immédiatement**, Frisotto !

Frisotto comprend qu'elle est au courant de tout et il est en trop fâcheuse position pour mentir sur la raison de sa présence dans cette **eau glaciale**.

— Je suis honteux, madame, j'ai eu de bien mauvaises intentions. J'ai voulu voler la perle pour nuire à votre nouveau peintre. Cependant, je vous le jure, je ne l'ai toujours pas trouvée, cette **perle** ! Je fouille chaque huître de ce port depuis deux jours et je reviens sur le quai bredouille !

Madame Angora se tourne vers Chester en hochant la tête, désespérée. Qui d'autre aurait pu vouloir s'emparer de cette perle ? L'hypothèse d'un pilleur de trésors marins s'insinuait dans leur esprit. Soudain, Chester revoit la mine inquiète de Mona lors de l'annonce de la nouvelle en Italie.

—**Bingo!** c'est Mona! Elle était jalouse que je peigne le portrait de la première dame d'Italie et s'est mise en tête de voler la perle pour mettre un frein au projet.

Sans perdre une minute, il appelle Mona sur son cellulaire.

— Mona, **je sais** ce que tu as fait. Je veux que tu saches que je ne t'en veux pas, mais j'ai besoin que tu me rapportes **la perle que tu as volée**, c'est **urgent** !

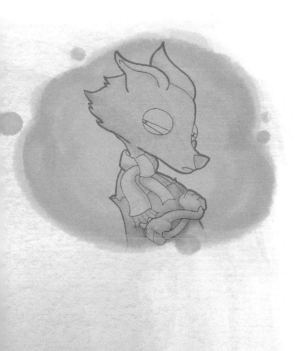

— **Chester ?** C'est toi? Mais de quoi me parles-tu? **Je n'ai rien volé du tout !** Comment peux-tu m'accuser d'un tel **crime** !

— Tu sais bien que tu seras toujours ma **muse**, personne ne pourra t'enlever ce titre ! Il n'était pas nécessaire de prendre la perle pour m'empêcher de réaliser le portrait.

— Chester, **comment** peux-tu penser que j'aie voulu te faire ça ?

36

Je suis celle qui t'appuie sans condition depuis le début de ta carrière ! Je ne te cacherai pas que j'étais un peu inquiète au début, mais j'ai confiance en toi et ma crainte s'est vite envolée.

Fâchée de ce manque de confiance, Mona raccroche subitement. Le peintre, mal à l'aise d'avoir porté de fausses accusations, demeure un moment figé.

Il songe à recomposer le numéro pour s'excuser. Il **aïme** trop Mona pour risquer de la perdre.

Mais, au même instant, le hululement de Milfo se fait entendre. Il veut vérifier si l'huître a du nouveau à leur révéler. Mais rien ne se passe. La mer reste calme. Après plusieurs tentatives et de longues minutes d'angoisse, tout le monde se sent soulagé en voyant apparaître la tache blanche au creux des vagues. Béglou ne semble pas aussi énergique qu'à l'habitude. Il dépose l'huître sur le quai et reste à proximité. Celle-ci s'ouvre.

— Je crois avoir résolu l'affaire. Ce chien noir à la moustache bizarre a bel et bien tenté de voler ma perle la nuit passée, mais elle n'y était déjà plus. Il était en fait le deuxième à piller ma coquille, quelqu'un a été plus rapide que lui. Tu te rappelles, Chester, lorsque je t'ai dit que j'avais le dos en compote ? Eh bien ! le voilà, mon lit de cailloux !

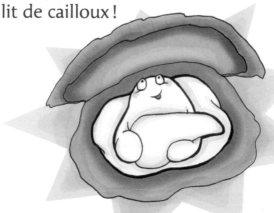

La créature sort de derrière son dos une perle blanche à la forme étrange.

— Vous savez que dès qu'il y a un corps étranger dans ma coquille, mon système l'enrobe automatiquement de nacre pour en faire une perle, comme pour ce grain de sable que m'a donné Milfo. Je crois bien que notre voleur nous a laissé une énorme preuve de sa visite.

Béglou ouvre la bouche en hésitant. Sa canine droite avait laissé place à

un immense trou noir. Puis, il tire doucement la langue, révélant ainsi deux **immenses** demi-sphères rouges. En voulant croquer la perle coriace, il avait perdu une dent. La perle s'était tout de même fendue en deux parties égales. Tout le monde semble déçu, mais personne n'ose blâmer la gourmandise du jeune béluga qui avait tout simplement voulu se mettre une cerise au marasquin sous la dent! Une seule personne affiche une mine ravie.

— **Magnifique !** crie madame Angora. Deux perles au lieu d'une seule ! Monsieur Schnauzer, je viens de décider que sur mon tableau, je porterai des boucles d'oreilles ornées de ces magnifiques demi-perles rouges, tandis qu'à mon cou pendra cette somptueuse perle blanche à la forme plutôt **Surprenante** !

Les yeux éblouis de la première dame quand elle observe la dent nacrée réconfortent et soulagent Chester, mais il se rappelle soudain avoir laissé Mona en de biens mauvais termes. Il lui téléphone et prend soin de s'excuser avant de lui raconter toute l'histoire en riant de bon cœur.

Trois semaines plus tard, le tableau est achevé. Une autre splendide réussite pour l'artiste peintre.

Que pense Béglou de la soudaine célébrité de sa dent? Pas besoin de réponse… son grand sourire troué en dit long!

Glossaire

Angoisse : peur, inquiétude

Angora : race de chat à poil long connue pour sa grâce et sa beauté

Arrogant : personne qui se pense plus importante que les autres

Assaillant : agresseur

Baroque : qui a une forme irrégulière et unique

Béluga : baleine blanche

(revenir) Bredouille : revenir les mains vides

Caniche royal : chien très grand à poil frisé et laineux

Cocasse : rigolo

Coriace : dur

(Salvador) Dali : grand peintre, connu pour sa grosse moustache bizarre

Dérober : voler

Dissipé : disparu

Éblouis : émerveillés

Écarlate : rouge

Extirper : retirer

Flamboyant : éclatant, brillant

Frétillant : grouillant de vie

Grand duc d'Amérique : le plus grand des hiboux

Gribouillages : dessins pas très bien réussis

Huître : coquillage dans lequel vit un animal qui fabrique des perles

Hululement : cri du hibou

Immédiatement : tout de suite

Joaillier : personne qui fabrique des bijoux

Malicieux : méchant

Nacre : matière avec des reflets de couleur que les huîtres utilisent pour faire les perles

Nocturne : qui s'active la nuit et dort le jour

Ornées : décorées

Perturbée : troublée

Pilleur : voleur

Plantureuse : bien en chair

Rustique : simple, pas très moderne

Saboter : faire échouer

S'envenimer : devenir plus compliqué

Sertir : fixer une perle ou une pierre sur un bijou

Somptueuse : magnifique

Tailleur : habillement pour femme comprenant une jupe et un veston

Tuba : tube que les plongeurs mettent dans leur bouche pour respirer

La langue fourchue

Les expressions de la langue française sont parfois très cocasses. Trouve l'expression qui correspond à la définition donnée.

Écris tes réponses sur une feuille blanche et compare-les avec celles du solutionnaire en page 47.

1. Quand une personne a très mal au dos, elle peut dire qu'elle a

   a. le dos en pudding ;
   b. le dos en compote ;
   c. le dos en marmelade.

2. Si quelqu'un a beaucoup de difficulté à réaliser une tâche, on peut dire que cette tâche lui donne

   a. du fil à entortiller ;
   b. du fil à tisser ;
   c. du fil à retordre.

3. Une personne qui se trouve dans une situation qui lui cause plein de problèmes est

   a. dans de chauds draps ;
   b. dans de sales draps ;
   c. dans de beaux draps.

M'as-tu bien lu?

Voici un quiz qui te permettra de voir si tu as bien lu *Le mystère de la perle rouge.*

Écris tes réponses sur une feuille blanche et compare-les avec celles du solutionnaire en page 47.

1. Que fait Milfo de différent des autres hiboux de son espèce?
   a. Il dort la nuit et s'active le jour.
   b. Il vit au cœur de la ville.
   c. Il est toujours nerveux et surexcité.

2. Qui est le premier à tenter de dissuader madame Angora de faire affaire avec Chester?
   a. Monsieur Angora, le président d'Italie
   b. Frisotto
   c. Un garde du corps

3. Quand Chester rend visite à Milfo à son atelier, quelle sorte de boisson lui offre-t-il?
   a. Une tasse de café au lait
   b. Une tasse de thé vert
   c. Un chocolat chaud avec de la guimauve

4. Combien de temps Chester laisse-t-il à Milfo pour lui trouver une perle et lui fabriquer un collier?
   a. Deux semaines
   b. Un mois et demi
   c. Un mois

5. Dans le bureau de monsieur Angora, sous quel objet Frisotto trouve-t-il les coordonnées de Chester?
   a. Un porte-crayon en forme de maison
   b. Un presse-papier en forme de drapeau italien
   c. Un taille-crayon en forme de drapeau italien

Tu t'es bien amusé avec les quiz de *La langue fourchue* et *M'as-tu bien lu* ?

Eh bien! Chester a conçu d'autres questions et jeux pour toi. Il t'invite à venir visiter le www.boomerangjeunesse.com. Clique sur la section Catalogue, ensuite sur M'as-tu lu?

Amuse-toi bien !

Solutionnaire

La langue fourchue

Question 1 : la réponse est b.
Imagine-toi couché sur des cailloux... Tu es d'accord avec moi que ça doit faire mal au dos ! C'est ce que ressent la petite créature de l'huître quand elle dit qu'elle a « le dos en compote » !

Question 2 : la réponse est c.
Eh oui ! Chester avait eu beaucoup de difficulté à achever sa toile la Mona Chihuahua... Elle lui avait donné « du fil à retordre » ! Si tu as lu *L'étrange disparition de Mona Chihuahua*, tu sais certainement pourquoi... Sinon, je t'invite à le lire pour mieux comprendre !

Question 3 : les réponses sont c... et... b !
Surprise ! Deux des réponses sont bonnes ! Mais si tu as répondu c, cela veut dire que tu as bien lu le livre et je t'en félicite. En effet, il y est écrit que Chester est « dans de beaux draps » quand on veut dire qu'il a de gros problèmes à cause de la perle disparue.

L'expression « être dans de sales draps » veut dire la même chose, mais est surtout utilisée chez nos amis les Français de France !

M'as-tu bien lu?

Question 1 : a
Question 2 : c
Question 3 : b
Question 4 : c
Question 5 : b

Autres titres de la Collection

Mon frère est un vampire

ISBN 2-89595-118-7

Alice est une sorcière

ISNB 2-89595-104-7

Le réveilleur de princesse

ISBN 2-89595-155-1

L'étrange disparition de Mona Chihuahua

ISBN 2-89595-156-X

Marmiton, marmitaine!

ISBN 2-89595-165-9

Un trésor dans mon château

ISBN 2-89595-166-7

MISSION: Fée des dents

ISBN 2-89595-179-9

SAUVE TA PEAU, JAKO CROCO!

ISBN 2-89595-180-2

Nadine Descheneaux

Plus tard, c'est quand?

ISBN 2-89595-195-0